Historia de una ballena blanca

白鲸的故事

〔智利〕路易斯 · 塞普尔维达 著
Luis Sepúlveda
张礼骏 译 一格 绘

人民文学出版社
PEOPLE'S LITERATURE PUBLISHING HOUSE

著作权合同登记号　图字 01-2022-4359

图书在版编目（CIP）数据

白鲸的故事 /（智）路易斯 · 塞普尔维达著；张礼骏译；一格绘. -- 北京：人民文学出版社, 2023
（塞普尔维达童话）
ISBN 978-7-02-017566-6

Ⅰ. ①白… Ⅱ. ①路… ②张… ③一… Ⅲ. ①童话－智利－现代 Ⅳ. ① I784.88

中国版本图书馆 CIP 数据核字 (2022) 第 204057 号

责任编辑　**朱卫净　王雪纯　郭良忠**
装帧设计　**李苗苗**

出版发行　**人民文学出版社**
社　　址　**北京市朝内大街 166 号**
邮政编码　**100705**

印　　制　**凸版艺彩（东莞）印刷有限公司**
经　　销　**全国新华书店等**

字　　数　**30 千字**
开　　本　**787 毫米 ×1092 毫米 1/24**
印　　张　**$3\frac{2}{3}$**
版　　次　**2023 年 1 月北京第 1 版**
印　　次　**2023 年 1 月第 1 次印刷**

书　　号　**978-7-02-017566-6**
定　　价　**55.00 元**

鲸鱼们游出湖面

在舞动的波纹间

悄悄地探寻造物主

造物主被其中一头鲸鱼的眼睛看见了

——〔墨西哥〕奥梅罗·阿里德西斯《鲸鱼的眼睛》

鲸鱼的眼睛从远处记录了人类的行为，

保存了我们无法知道的秘密。

——〔古罗马〕普林尼《自然史》

目录

contents

一 大海的古老语言

2014 年，南半球一个夏天的早晨，距离智利蒙特港[①]不远处，人们发现一头鲸鱼搁浅在了满是石子的岸上。那是一头身长十五米的抹香鲸，全身拥有奇特的灰白色，在岸上一动不动。

一些渔民认为它或许迷失了方向，还有人指出鲸鱼可能因

① 智利中南部港市。

为误食人类投入大海的垃圾而中了毒。在世界的南方，天空灰暗，人们感到悲伤，所有围着这头大型海洋动物的人沉默不语，以此表达尊敬。

退潮时的海浪轻轻地摇动着抹香鲸，没过两小时，一艘船靠了过来，停在不远处。几个男人带着缆绳跳进海水里，用绳子绑住鲸鱼的尾鳍，然后慢慢地拖着鲸鱼没有生命的躯体向南驶去。

“他们会对鲸鱼做什么？”我向一位渔民问道，他双手握着自己的羊毛帽子，凝神望着船开向远方。

“尊重它。当他们开到海湾南部入海口的开阔处，会打开鲸鱼的身体，清空内脏，这样鲸鱼就不会浮在水上，然后让它在大洋寒冷的海水中慢慢下沉。”渔民低声说道。

船和鲸鱼很快消失在海岛模糊的轮廓之间，人们纷纷离开

了海岸，只有一个小男孩留在那里注视着大海。

我走近他，发现他深色的双眸望着天际，脸上两行泪水不停地流。

“我也很难受。你是本地人吗？”我尝试以打招呼的方式和他聊起来。

小男孩坐在海滩的石子上，我也跟着坐下。

“当然啦。我是拉夫肯切[①]，你知道什么意思吗？”他问道。

“海民。”我回答说。

“那你为什么悲伤呢？”小男孩好奇地问。

“因为那头鲸鱼。到底发生了什么？它为什么会这样？”

“对你来说那是一头死去的鲸鱼，但是对我来说它有更多的意义。我们的悲伤不一样。”

---

① 智利原住民马普切人的一支，主要居住在中北部海岸地区。

我们沉默了一段时间，海浪来来去去，直到他递给我一个比他手还大的东西。

那是一只鲍鱼螺的螺壳，一种非常珍贵的海螺，表面坚硬，有许多皱褶，里面雪白，如珍珠一般。

“你把它放到耳边，鲸鱼会对你说话的。”这个小拉夫肯切说完便在深色的海滩上快步跑远了。

我照他说的做了。在世界南方的灰暗天空下，一个声音用大海古老的语言开始向我讲述。

二 鲸鱼记忆中的人类

人类总是对我庞大的身体感到害怕，也因为无法掌控我而感到不安。一个体形那么大的动物会有什么用呢？人类很早就开始自问。当人类第一次走近大海，我就开始观察他们，人类发现他们的身体不适合探索深邃的大海，但是他们可以凭借某种工具浮在水上，挑战海浪的冲击。

所以我曾看到人类如何在四块脆弱的木板上走动，我们相互望着，谨慎地保持着距离，人类心怀恐惧，而我充满好奇，对他们的执着感到惊讶。我欣赏他们面对海浪时的勇气和毅力，他们的船只在驶入浅水区域时无法承受暗礁的撞击和尖锐的摩擦。

当我见到人类坚忍不拔的样子，心想："他们会掌握的。"虽然他们害怕驶向天际，总是在海岸附近徘徊。

我，月白色的鲸鱼，向另一头鲸鱼了解暗流和海浪的秘密，就这样一头向另一头不断地传授经验。和我一样，人类很快学会了在海中航行的方法，他们相互分享，海上的人越来越多。人类造的船只越来越大，他们掌握了用轻薄的布面（人类把它称作帆）捕获风的方法，很快他们也懂得了如何通过观察天空和星星来为他们指路。于是，他们不再畏惧天际，敢在夜间航行。

有时，我们在广阔的大洋上感到孤独。我，这头月白色的鲸鱼，会游出水面呼吸，看着人类在船舷探出身子。船员们指着我大叫：“白鲸在那儿！”听着他们的喊叫，我没有感受到任何威胁，而是觉得惊讶。

我从未靠近过人类的船只。我钦佩他们的勇气，我也会把他们视作大海的一员。

春夏秋冬，四季轮转。风和洋流带来的冷暖标记了时间的轮回。人类执着于他们未知的前途，而鲸鱼们一生都在咸水的家园中穿行。

三 白鲸讲述它的世界

我，月白色的鲸鱼，住在浩瀚的海洋中，大海连着的陆地，是太阳升起的地方；西边的大海连着天，太阳从那里落下，把天空留给星星。海水很凉，冰冷的洋流从远方穿行而来，那里一片雪白，大海结成了盐白色的巨型“石块”，每逢极夜，这些巨石逐渐长大，而到了极昼，这些巨石又会慢慢消融。

与大海毗邻的陆地上，住着为数不多的人类，树林茂密，几乎蔓延到了岸边。我常常会下到其他生物难以到达的海沟，我那巨大的肺部可以帮助我长时间在水中憋气，当我从海的深处浮出水面时，我会从背上的一个凹孔喷出之前吸入的空气，然后吸入新鲜空气填满肺部，再次潜入水下。

我在黑暗的水下潜行，用巨大的头部发出声响传向前方，然后通过回响判断是否有障碍物。这种强有力的声波还能帮助我捕捉我最喜爱的猎物——鱿鱼。当我在海面上游动时，我的一只眼睛望着海岸以及岸上的景象，另一只眼睛装满了天际。

当我游向更加寒冷的海水时，陆地慢慢地变成了岛屿，岛屿之间有昏暗的通道，海岸也变成了峡湾，满是又陡又高的悬崖。峡湾里的水特别平静，是求偶的理想场所。

我，月白色的鲸鱼，是一头雄性的抹香鲸，来自峡湾和岛屿。在神秘时间里的某一刻，其他月白色的雄性抹香鲸开始求偶的仪式。他们从海的深处游来，高高跃起，悬在空中，然后背部朝下与水面碰撞，激起白色的泡沫。他们的尾鳍拍打海水，不断向下游动，几乎触到海床，接着再次游出水面，快速跃起。他们的身体悬挂在天空里，成群的雄性抹香鲸向一头雌性抹香鲸展现出活力和技巧，看得她非常激动，接受了雄性抹香鲸的求爱，之后我就出生了。我，月白色的抹香鲸，出生在一片环绕莫查岛[①]（人类起的名字）的寒冷海水中，继承了族群中雄性鲸鱼强壮的体魄和力量。小时候，我吸着母亲醇厚的乳汁，得到她和所有雄鲸的保护，直到长成了海洋中体形最大的生物，才开始独自生活。

我的世界安静无比。没有生物会在水下抱怨，或者大吼大叫，

① 隶属智利中部比奥比奥大区的太平洋岛屿。

只有我们这类大型动物有时会打破宁静。我是抹香鲸一族的，会发出咔嗒咔嗒的声响；蓝鲸和长肢领航鲸通过和谐的歌声来辨别方向，给孤寂的夜晚增添了欢乐；海豚聚在一起长途跋涉，他们的哨声在队伍中协调一致。大海深处，什么声音都听不见。但是海面上，风声不断，海浪拍打，海鸥和鸬鹚嘎嘎叫，有时还会传来不适合在海中生活的生物——人类的声音。

四 白鲸讲述从人类身上学到的东西

宽阔的大海里，在距离海岸很远的地方我看见一艘大船。这艘漂亮的船上竖着三根柱子朝向天空，支着鼓满风的帆。船优雅地航行，巧妙地避开海浪，甲板上，船员们专注地把控方向。

我潜入水下，向前游去，直到在离船不远处浮出水面，在背风处陪着船员们穿行在大海上。他们发现了我，我听到他们惊讶的声音："一头白鲸！"但是一声刺耳的哨声把他们从船舷叫回继续工作。

这不是我第一次接近人类驾驶的船只了。每次听到他们惊奇的叫声我就很高兴。我不止一次跃出水面再用尾鳍拍打水面和他们打招呼。船上人的态度让我感到奇怪，我自问他们是否已经习惯了海洋中鲸鱼的存在。对我来说，见到他们的船只并不是新鲜事，这些船有时开往温暖的水域，有时则开往寒冷的水域。在陆地终结的地方，我居住的这片大海连着另一片我不曾去过也不会去的海，因为那里的怒涛比任何力量都要强大，会有撞上暗礁粉身碎骨的危险。人类把这个连接两片海域的地方称为合恩角[1]，每次他们提到这个名字就会瑟瑟发抖。

尽管那些船员表现冷漠，我决定再跟一程，不一会儿，当

① 位于智利最南部。

我第四次浮出水面时，我看见另一艘朝同一方向航行的船。

那也是一艘华丽的船，鼓起的帆让它前行的速度比前一艘快，不一会儿就赶上了。我想人类在海上的相遇会是怎样的呢？我们鲸鱼碰面的时候，不论是求偶还是照顾怀孕的雌鲸和刚出生的小鲸鱼，我们都会围成圈，从水中跃起，背部入水，在水面上拍打尾鳍。相遇的欢乐，体现在我们从肺里喷出的气体上，体现在我们旋转的身体上，体现在我们咔嗒咔嗒的歌声里。人类如何展现他们相遇的快乐呢？

当航行速度更快的船追上第一艘船时，只听见一声巨响，那声音好似风暴天乌云的怒斥，比闪电撕开空气还要恐怖，这就是人类毫无快乐的招呼方式。

两艘船的船舷上探出黑色的嘴，嘴里吐出火焰，反复发出恐怖的巨响。很快，第一艘船起火了，燃烧的碎片落入海中，支撑船帆的桅杆裂开了，在人们憎恨、恐惧和无望的喊叫声中倒塌，船上的人从船舷跳入大海。

第一艘船被毁坏后，没过多久便沉入水中了。第二艘船在人们庆祝胜利的欢呼声中开走了。许多被打败的躯体葬身大海，另一些人尽力浮在水上，但是不一会儿就体力不支，变成海浪中来去漂泊的黑点。

人类在海上相遇后的行为令我费解。小小的沙丁鱼不会袭击同类，缓慢游动的海龟不会袭击同类，贪吃的鲨鱼不会袭击同类。好像人类是唯一会袭击同类的物种，我不喜欢从他们身上学到的东西。

五 白鲸讲述与另一头鲸鱼相遇的故事

一个风和日丽、海面平静的早上，我向寒冷的水域出发，寻找鱿鱼群。我一只眼睛望着远处的海岸，另一只眼睛望着云朵消失的地方——天际。

在我一次下潜的时候，我听见一头长肢领航鲸的歌声。那歌声不是召唤同伴游向食物丰富的水域，也没有表达痛苦

的悲伤。

当一头小领航鲸死去时，它的妈妈还有妈妈的妈妈，或者其他无法生育的老年领航鲸会用嘴轻轻咬住幼鲸，保持好几天这样不放开，直到小鲸鱼的身体失去韧性，慢慢破碎。在确认幼鲸身体不会在水面上随波漂流，确认他身体将会与海底深处的宁静融为一体后，就会松口放开他。其他的领航鲸陪着这头鲸鱼，一边不停地重复悲伤的歌曲。歌声会把大家凝聚在一起，同时也保护了叼着幼鲸的雌鲸，起到了威慑那些想袭击两头领航鲸的掠夺者，雌鲸因为几天没吃东西，会很虚弱。

这头领航鲸的歌声不是为了召唤，也不是因为悲痛，而是因为伤痛。我潜入水下，发出无形的声音在海洋深处探测，当我收到回声后，我便朝向他游去。

我发现他的身体半截在水面。他的背上有一根连着绳索的长杆，绳索穿过长杆一头的小环。

我游到他边上，缓慢前行。我寻找他的一只眼睛，希望那眼睛能在我的眼睛里反射出来。所有品种的鲸鱼，相比其身躯，都拥有小小的眼睛。我们用歌声或喊叫声交流，但是眼睛才是主要的交流方法。因为眼睛反映出了我们正在看着和已经看见的东西。

在这头领航鲸的眼睛里，我看见这根扎在他背部的长棍叫作鱼叉，是人类的发明。

在这头领航鲸的眼睛里，我看见这根鱼叉已经刺穿了他的肺部，他几乎无法呼吸。

在这头领航鲸的眼睛里，我看见一个警告：人类开始追捕我们，他们坐船划过水面，想要捕杀我们，那些在船上的人叫作捕鲸人。

但在领航鲸的眼睛里，我看不到更多的东西了，海洋深处的宁静令空气和他受伤的肺部也变得安静。很快，我感受到其他领航鲸悲伤的歌声，他们慢慢靠近，在海洋中沉沉浮浮，悲伤地环形游动，他们会不停地游，直到大海彻底吞噬这头领航鲸的身体。

六 白鲸讲述人类的动机

那次与领航鲸见面之后，我回到了莫查岛附近的水域。两头雄鲸和好几头雌鲸有条不紊地看护一头正在给小鲸鱼哺乳的雌鲸。这头小鲸鱼是我不在的时候出生的。

我游到最年长的雄鲸身边，他忙于照顾幼鲸不曾感到孤单。身上成百上千的藤壶和鲸虱说明了他的年龄，这些寄生物粘在我们身上，但并不会影响我们，它们以同样在我们皮肤上的藻类为食，当我们浮在水面上时，它们又会成为海鸟的食物。

我满怀尊敬地靠近他，寻找他的眼睛，想把我之前看到的告诉他，我希望他可以马上给我一个解释，去理解发生的事情。

我所见到的一切对他来说都不陌生。和我一样，他也是一头月白色的抹香鲸，与其他抹香鲸共同构成了长长的生物链中的一种生物，他也曾看到人类大胆地挑战大海。人类最先用小船，然后乘坐更大的船只，直至不再畏惧天际，更加频繁地在海洋上穿行。

年长的抹香鲸通过眼睛向我讲述了一次他和一头蓝鲸的旅行故事，那是提醒他注意捕鲸人的第一头鲸鱼。在他得知捕鲸人的存在后，他想知道更多，蓝鲸便提议前往温暖海域，靠近人类居住的地方。

他们在离海面很近的地方潜行，时不时浮起来透气，然后马上潜下，就这样反反复复，直至到达了一个海岸。年长的鲸鱼觉得这片海岸很奇怪但很漂亮，因为星星们好像已经决定陪着人类，为他们闪烁。

蓝鲸对他说，那一闪一闪的不是星星，而是人类称为油灯的东西，在这些油灯里还燃烧着我们身体的一部分。

人类捕杀我们不是为了吃我们的肉，他们要的是我们内脏里的脂肪，这脂肪点燃后可以照亮他们的家；人类捕杀我们不是因为怕我们，他们怕的是黑暗，我们身上有驱赶黑暗的光。

“人类，”我想，“那么渺小，却是那么残忍的敌人。”然而，在年长的抹香鲸眼里，我看见在离莫查岛更远的海岸上，有一群人，他们叫拉夫肯切，或者叫海民。

他们从海边仅仅获取生活必需的东西，然后以一种古老的仪式来感谢大海的馈赠。海民在收集完食物后，其中一些人会去附近的树林（海民称作蕾穆），请求蕾穆给他们一些树干树枝，然后他们把这些树干树枝带回岸边，燃起篝火，星星点点的篝火一闪一闪，点缀了涌动的海水。我们鲸鱼和海豚一同赶来，从海中跃起，向海民问好，他们也会高兴地向我们喊叫。

但是并不是所有人类都像海民一样。

我们鲸鱼和海豚听他们焦虑地谈论，有越来越多远方来的人出现在这里。这些外乡人从树林、大地和海里拿走所有他们想要的东西。他们事先没有请求，事后也没有表达任何感激。捕鲸人就是他们中的一部分，他们来自一个没有感恩、充满贪婪的世界。

“就是这样，”年长的抹香鲸用眼睛说道，“离开这片水域的时刻到了，我们得消失在无尽的汪洋之中。幼鲸喝完奶后，我们就要出发去远方，很远的地方，去等待。”

我很警觉，问他要等什么。

“等你。”他的眼睛说道。他闭上的双眼告诉我，他将无法回答更多的问题了。

七 白鲸讲述一个天大的秘密

四季轮转，白天变得越来越短，光线也越来越少。幼鲸断奶恰逢候鸟南迁，莫查岛上大雨一场接一场地下。

幼鲸的身体已经有成年鲸鱼三分之二大小了，准备开始向大海深处的漫长旅行。

我也感到自己充满力量，很想进入大海的深处，我已经准备好感受孤单，只有当年长的鲸鱼不论从多远的距离呼唤我时，我才不会感到孤单，并且会应声快速赶去。集合的鲸群等着我，尽管我不知道他们等我的原因和目的。

雌鲸、雄鲸还有长大的幼鲸分开前行，消失在广阔的海洋中。只有年迈的鲸鱼和我留在故乡的水域中。

这次他主动游上前，用一只眼睛盯着我的眼睛。

“你想知道为什么我们在等你吗？”他的眼睛问道，“我要告诉你一个秘密，海洋里最大的秘密，但在此之前，我要告诉你一些我从其他年迈的鲸鱼口口相传而来的事情。

“你将不会进行长途跋涉，或者说你的旅行至少没有那么长。你知道，在这座人类称为莫查岛的岛上，只住着鸟类和树林里的一些小动物。你也知道，任何一头鲸鱼、任何一条海豚都不会住在这片把海岛和海岸分开的水域里，并不是因为这片海水太浅，或者是因为这里的水流会把我们拖向礁石。

“住在大陆上的人，那些拉夫肯切，海民，出于某种超乎我们理解的原因，对外来者非常警惕，外来者夺走一切，不论是否需要，还有那些捕鲸人，他们杀死我们，为了获得那种在我们体内无法照亮，但他们会点亮的光。

“拉夫肯切，海民，他们知道会来更多的外乡人，这些人的贪欲也会越来越大，没有力量可以阻止他们。所以海民也准备开始一段漫长的旅程，他们想去比天际更远的地方，去一个鲸鱼游不到的地方，不论这鲸鱼有多强壮；去太阳的家，去外乡人到不了的地方，不论他们的船只多大、多快。尽管拉夫肯切下定了决心，但他们也是人，无法不停歇地一直游下去，无法潜在水下加速，无法在深水中辨别方向，也无法通过回声辨别暗礁。但是他们每一个人生来就知道前往天际另一边的准确

方向，那里是外乡人、侵略者、捕鲸人永远到不了的地方。

“莫查岛和海岸之间的水域中，住着四头年纪非常大的雌鲸，时间伊始她们就在那里了。她们是最早的、唯一的、最后的特雷姆普尔卡维[1]鲸鱼。只有在晚上才能见到她们，因为她们白天是四位拉夫肯切老婆婆，但是当太阳落下，落入远方的家中，这四位老人就走到海边，踏入海水，慢慢沉下，过一段时间，就变成鲸鱼浮出水面，她们的目的就是为长途旅行做好一切准备。

---

① 原文为马普切语 Trempulkawe，依据当地人的信仰，这四头鲸鱼守护亡灵。

“你觉得我现在给你讲的东西复杂吗？”年长的抹香鲸用眼睛继续说道，“你得知道鲸鱼和拉夫肯切之间有个协约，在很早以前的大海上就有了。我们鲸鱼又大又壮，而人类就显得弱小很多。我们能够游很远的距离，但只有他们知道如何到达安全的地方。

“当一头鲸鱼死去，我们会感到悲伤，陪着他的躯体直到沉入海底。当一位拉夫肯切去世，他们也会悲痛哀伤，他们会等到夜幕降临，把亡者带到海边，他们知道，四头特雷姆普尔卡维鲸鱼中的一头会把亡者带去莫查岛。那里，死去的人会像螃蟹蜕壳一样脱离自己的躯体，变得像空气一样轻，与其他先他一步离开的人一同在那里等待。

“他们也把这座岛叫作吉尔千玛伊维[1]——伟大旅行前的聚

---

① 原文为马普切语 Ngill chenmaywe。

集地。

“总有一天，最后一位拉夫肯切会去世，他将独自来到海浪最温和的地方，在夜晚离开，方便四头年迈的鲸鱼完成他的最后一程，鲸鱼会把他带去莫查岛。最终，所有拉夫肯切会相聚，如微风一般，骑在四头鲸鱼的背上，开始他们漫长的旅行。我们所有鲸鱼和海豚会陪伴他们，帮助他们排除万险，给予他们最有力的守护。

“年轻的月白色抹香鲸，你的任务就是住在莫查岛和陆地之间的水域里，你需要照顾那四头年迈的雌鲸，我们会在浩瀚的大海里等你，等你完成最后的旅行。”

这就是年长的抹香鲸做的安排，他用尾鳍拍水，很快就沉入水下了。

我，月白色的抹香鲸，用肺部吸足空气，朝海岛游去。

八　白鲸讲述他在莫查岛和海岸之间的日子

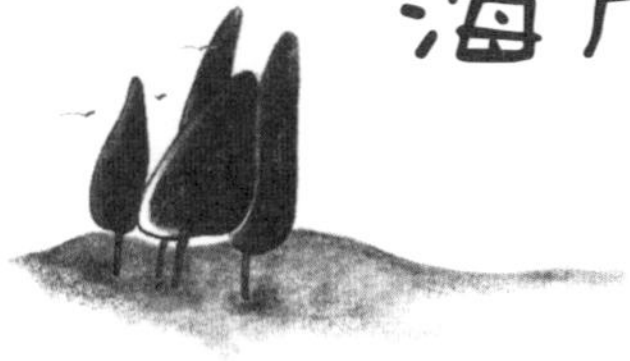

时光随着潮涨潮落慢慢流逝，每天都很安详，我在莫查岛和海岸之间的宽阔水道里游来游去。我从不缺食物，水流会把离开海底庇护所成群的鱿鱼和章鱼送来。每天天亮之后，我会浮出水面，露出半截身子在水面上，用一只眼睛观察岸上的拉夫肯切。退潮时，他们收集贻贝和蛤蜊，从岩石上采帽贝，或者走到岸边垒起的小石墙边，快乐地收集被困住的海鱼。

我用另一只眼睛看着岛上茂密的植被和高大的树木。整座岛屿笼罩在宁静之中，如同在浓雾中一般，难得会传出一两声海鸟的叫声。海狮在满是砾石的海滩上休憩，没有人类的打扰，他们安逸地拍打着前肢。

晚上，我会寻找那四头年迈的雌鲸，但总是看不到她们，最终我开始觉得年长的抹香鲸或许搞错了，没有理由一直留在这里。直到一个满月的夜晚，大海满潮，我听到了哭喊，感受到了拉夫肯切的悲伤，我看到他们把一个人的尸体运向岸边。

他们把逝者脸朝上放在地上，然后展开他的双臂，在他的双手里各放五颗石头，石头反射出月亮和星星的光辉。

“特雷姆普尔卡维！”拉夫肯切朝着附近昏暗的树林大喊，然后就离开了。当他们中最后一人回到自己的住处后，从茂密的树林里走出来四位老婆婆，她们已经看不出多少岁了，迈着疲惫的步伐走向海滩。她们全身赤裸，拖着长长的白发，来到平躺的尸体边上。四位老婆婆嘴里念叨着听不懂的话，把逝者手中闪光的石子拿走，其中一位快速跳入水中，不断下潜，不一会儿，出现了一头鲸鱼，黑色皮肤，体形不大，像领航鲸。她游到岸边，另外三位老婆婆把逝者放在她的背上。

接着，这三位老婆婆也跳入海中，四头鲸鱼浮在水面上前行，向莫查岛游去。摆动的尾鳍打碎了月亮在海里的倒影。

她们的身躯留下了每个历史时期的印记，全身满是寄生动物：帽贝、螃蟹、海星、藤壶，以及大小、颜色各异的软体动物，还有死去的拉夫肯切为运输自己去岛屿献出的宝石。

完成任务之后，四头年迈的鲸鱼便返回陆地，她们刚触碰到海岸就开始缩小，宽阔的脊背变得衰老弯曲，有力的尾巴变成干瘦虚弱的双腿，她们拖着长长的白发，踏着缓慢的步伐，慢慢走进树林，消失在昏暗之中。

我看到过许多次年迈的雌鲸把海民尸体从海岸运到莫查岛上。但也看到那些拉夫肯切人口众多，他们的孩子快乐缓慢地

成长，这一点也不断地提醒我：漫长的监护任务等着我，一直要等到最后一位海民准备好伟大的旅行。

九 白鲸讲述 等待期间的时光

四季轮转，暴雨滂沱的日子与风平浪静的日子也不断交替。夜幕降临后，我在岛屿和海岸之间的水道里从一头游到另一头，有时我独自保持警觉，有时我会在送葬的旅行中陪伴四头年迈的鲸鱼，她们则会在浮出水面换气的时候用喷气声对我表示感谢。

天刚亮时，天上唯一的星星叫启明星，我会游离水道，进入宽阔的大海。在守了一夜之后，我会在那里吸入新鲜的空气，然后全身放松，一动不动，直到身子变得垂直，有力的头部几乎与海面持平，悬浮在两片水域之间，睡起觉来。

睡觉的时候我会做梦。

我梦见在拉夫肯切的指引下所有鲸鱼都会去的地方。在太阳的家里，大海永远清澈透明、宁静祥和。成群的鱿鱼数也数不清，鲸鱼之间追逐嬉戏不受大浪的影响，也没有任何危险。大须鲸、抹香鲸和露脊鲸在体形最小的小须鲸身边展现他们庞大的身姿。大海对蓝鲸、大翅鲸和所有的须鲸非常慷慨，为他们准备了食物，他们会张开嘴巴，让海水和食物进入，然后通过须齿滤掉海水，把美味的磷虾留在嘴里。海豚和独角鲸有时还会为钻在海底沙子里的比目鱼打闹一番。

有时候，在漫长的睡眠中，我会感到附近有船只，但我还是保持垂直的身姿，就露出一点点头部，让自己看起来像个小石块，这样的话我可以听到人类说话，他们却看不到我。

在静谧之中，我听着他们说话，我那时知道了有很多船为了捕杀我们在海上航行，他们不仅为了从我们身上获取点灯的油，还要我们用来保护身体的脂肪，还有一种他们称作龙涎香的珍贵物质，用来把花草的香气固定在淡水中。人类把身体浸在这种带有香气的水中，为的是掩盖自己真实的体味。

当太阳再次回家时，地平线被染成了红色。我回到岛屿和海岸之间，继续观察和守护四头年迈的雌鲸，继续等待。

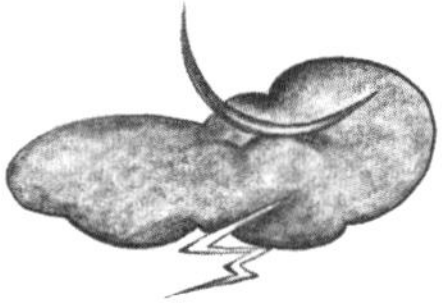

十 白鲸讲述和捕鲸人的第一次相遇

一个风雨交加的夜晚，大雨大浪拍打着海岸，拉夫肯切完成仪式，留下一位逝者的身体。和往常一样，他们把他的手臂张开，在他手中放入五颗石子，石子反射出落在岛上闪电的亮光。

大雨之下，拉夫肯切大喊：“特雷姆普尔卡维！”四位披着白色长发的老婆婆再次完成了她们从很久很久以前就开始的任务：首先一位老人跳入海水中，浮出水面后就变成了鲸鱼，其他三位坐在她背上护送完逝者之后，也一同跳入波涛汹涌的海中。

一路上，我守护着四头年迈的鲸鱼和她们背上的海民，一只眼睛看着她们划出巨大的波浪，另一只眼睛在闪电的照射下看见一艘船驶进了水道。

起初，我想这艘船顶风前行应该是去岛上搜救的，但是一声大喊盖过了海浪和风声。

“船头有鲸鱼！”一个男人大叫，随后为了捕获更多的风前行，船上升起了更多的帆，朝我们开了过来。

四头雌鲸和我在海岛与海岸之间水域的正中间。我一只眼睛看着她们不紧不慢地往前游，没有意识到一丝危险。另一只眼睛看着捕鲸人的船只不断靠近。

我从未与人类正面交锋，不知道该做什么。我的第一反应是攻击他们，但是我与船之间的距离不够，我无法充分下潜来蓄力，那一刻，我想起来曾经听到拉夫肯切说的话。

他们确信这些外乡人的欲望会越来越大，而我，月白色的抹香鲸，我的体形比起四头年迈的雌鲸是个更好的猎物。

我潜下水，朝人类的船游去，当浮出水面跳起来时，正巧一道闪电照亮了天空，我看见甲板上的人从船舷立马探出头来。

“右舷发现鲸鱼！一头非常大的鲸鱼！”一个人喊道。

我用尾鳍三次拍打水面向人类挑衅，成功地使得他们离开原来航道，把船头对向我。

我刻意等到他们靠近我后再潜下水，然后再一次跃起，我全身跃出海面，让他们能在黑暗中、在暴风雨中看清我的全身。

就这样，我反复地出现在他们视野里，有时也会浮在水面不动，直到把人类的船引入开阔的外海。

黎明时分，风更紧、雨更大，人类还在不停地追逐。船只很大，所以开得不快，和我在水下变向的能力不能比，我还能在船的两旁时不时地吓唬他们。在离他们不远处沉浮数次之后，我做了一个决定：我得知道他们是如何杀死我们的，他们的伎俩，他们的强项和软肋。于是，最后一次浮出水面后，我就保持静止，留在水面上不动。

在大船的一侧，人类借助绳子，往海水中投放了一艘小船，五个人上了这艘船。他们用四根顶端有尾鳍一样的棍子奋力往前划动，其中一个人站着，高举一根长杆，那是我曾经见过插在长肢领航鲸背上的杆子——鱼叉。

我终于知道他们是如何袭击的了。那些小船帮助人类更快地航行，更灵活地转向。

为了更多地了解人类，我开始围着小船绕圈。我换气后就潜下水，眼睛一直盯着他们。在水下时，我会转动身体，随后在他们意料之外的地方出现。他们一个个怒火中烧，举着鱼叉的人让其他人手脚快点。

我对这些捕鲸人已经了解很多了。我成功地把人类从四头年迈的雌鲸身边引开。我满足了他们的欲望：我，月白色的鲸鱼，体形更大，他们对我更感兴趣。现在，我需要知道的是他们怕什么了。

我吸足空气，潜入大海深处，铆足劲儿在小船边上冲出水面。落下来时，激起了大浪，带着泡沫的水流冲翻了小船。

我看见他们绝望地在海里游泳，然后爬上翻了的小船。在我离开时，我听见了捕鲸人给我取的名字。

“我们会回来抓你的，莫查·迪克[①]！”拿着鱼叉的男人大喊。

他充满仇恨的声音预示着将到来的一切。

① 历史上真实存在的一头白色抹香鲸，生活于19世纪的莫查岛附近。在经历多次猎杀后，于1838年遭捕鲸人杀害。

十一 白鲸讲述捕鲸人的围猎

莫查·迪克，捕鲸人这么称呼我，或许是因为他们第一次是在莫查岛附近看到我的。夜晚，我继续肩负着守护四头雌鲸的重任，白天，我会游到外海。

游速很快的海豚告诉我，有越来越多的船只经过两大洋的通道来捕杀我们。

“人类都在谈论你。”海豚们说，“他们叫你莫查·迪克，也有人叫你大白鲸，甚至有人悬赏船队捕杀你。”

不知不觉中，我心中产生了对捕鲸人的仇恨。我不知道当初没有杀死那五个人是不是一个错误，我也不知道当时没有打翻大船是不是一个更大的错误。我留了他们一命，他们便把我的存在，甚至岛屿和海岸间有更多鲸鱼的事告诉了其他人。

自从留下来看守后，我改变了自己的生活习惯。白天我会游到外海很远的地方，从那里莫查岛看起来像点缀在海岸线上的一个小斑点。我的一只眼睛看着远方，看着海水冰冷的地方，另一只眼睛则看着海水温暖的地方。我没有好好睡过觉。

鲸鱼睡觉的方式有两种：一种是放松全身，身体垂直，头部微微露出水面；另一种是身体水平，在两片水域之间，背部露出水面，其余部分潜在水下。但是第二种睡觉方式无法进入深度睡眠，无法恢复身体的力气。就这样，我一直住在海岛和海岸的深色水道之间，只能打会儿盹，时刻关注着拉夫肯切和前来完成任务的四头雌鲸。

好几次我看见船只靠近，就会潜行到船的边上，吸引他们的注意力，迫使他们追逐我，把他们带向外海。由于已经非常了解人类的捕猎方式，我与他们保持一定距离，避免他们放下更加机动的轻型小船。当我成功把船引开，到了看不见海岸的地方，我就下潜到黑暗的海水中，快速游回海岛附近。

时间慢慢过去，没有什么外界力量影响我执行任务，直到夜长日短的时节再一次到来。一天清晨，天空灰暗，微风拂过，我听见一头大翅鲸的歌声，那是很特别的求助歌声，与他们保持前进队伍时发出的歌声不一样，正常情况下，他们吃饱食物，储藏足够的油脂，从寒冷的水域前往温暖的水域生产、哺乳，教会幼鲸大海的秘密。

我迎上前去，看见大翅鲸后，就理解了她歌唱的原因。她刚刚生完小鲸鱼，所以掉队了。幼鲸贴着雌鲸的身子，贴着她的乳头，这样他可以喝到近乎固态的醇厚母乳。幼鲸贪婪快乐地不停吮吸。

生产之后，大翅鲸精疲力竭，她一旁的幼鲸离不开她，她保持静止不动。我猜想她之前所在的迁徙队伍应该就在不远处，我潜下水，发出叫声，寻找大部队的方向。

我在水下等了一段时间，多次发出探索的叫声，但是附近大翅鲸队伍的回声一点儿都没有接收到。

我来到大翅鲸和她的孩子身边，探出头呼吸时才发现自己走神了，已经来不及赶走捕鲸人了。他们就在我们的正上方。

我感受到侧身一阵剧痛。鱼叉扎进了我的身体，我唯一能尝试做的就是再次下潜。我潜到海水深处，摇摆身体想要挣脱那根刺在我体内的长杆，但是一切都是徒劳，因为捕鲸人不断拉扯穿过鱼叉圆环的绳子，以此给我造成更多伤害，让我精疲力竭。

我浮出水面，排空肺里的空气，然后吸入新鲜空气。我看见捕鲸人也伤害了大翅鲸。他们用粗绳把她拖到大船上，幼鲸也遭受了同样的命运。当捕鲸人开始肢解两头鲸鱼身体的时候，他们还在动。大翅鲸和她孩子的鲜血如泉涌一般从船舷流下，把海水的表面染成红色。

用鱼叉击中我的捕鲸人不断朝我靠近。那一刻，我觉得已经从他们那儿学了很多。我知道他们把那些小船称为小舟，把划动的木棍称为桨，把负责投掷鱼叉（就像插在我身上的那根一样）的人称为鱼叉手，我也知道了愤怒不断推动他们并发泄在海洋的大型生物身上。

鱼叉手挥动他尖锐的武器，准备最后一击。我必须快速行动。

我潜行到船的侧面，垂直往下，迅速游到我身体二十倍深度的地方，然后转向寻找船的龙骨冲出水面。

我用头部撞击把船一分为二，人类落入水中害怕地大叫，我接着用尾鳍愤怒地朝他们拍去。我一次又一次地扑向那些游向小舟的人，我看见大船急忙迎风展开帆，企图逃离我复仇的怒火，对小舟上的五个还活着的人不管不顾。

我也游走了，不知道是亲眼见到的场景，还是扎在我身体里的鱼叉让我更加痛苦。我游到了岛屿和海岸之间的水道，身上的鱼叉系着一段绳子，绳子另一头连着固定在船上的碎片。

我背上的鲜血细细地从我体内流淌出来，消散在大海里。

十二 白鲸与四头年迈的雌鲸对话

傍晚时分，一场暴风雨来临，大风卷起高高的海浪，海岸在大雨和黑暗中无影无踪。冒着被海浪推上岸搁浅的危险，我游近海岸寻找帮助。

我在拉夫肯切的住处前多次跳跃，大声喊叫，声音盖过了暴风雨的杂音。我不知道自己在海水中跳了多少次，直到一群拉夫肯切跑向岸边，他们看到我之后大声说了一句我想听到的话：“特雷姆普尔卡维！”

四位老婆婆从树林里走来，雨水浸透了她们的全身，白色的长发紧贴在她们弯曲的背上。她们一同跳下海，很快来到了我的身边。

一头年迈的雌鲸与我眼睛对视，另外三头咬住鱼叉上的绳子，以免因猛烈的拖拽给我造成更多痛苦。

幸好四头雌鲸和我一样都有牙齿，她们咬断了绳子。

“你有恩于我们，月白色的大抹香鲸，我们知道你是我们的守护者。”雌鲸的眼睛说道。

“我不知道回应大翅鲸的求救是对是错，因为我让自己还有你们都处于危险之中了。”我的眼睛盯着雌鲸说道。

“没有人可以批评你，拉夫肯切不行，我们也不行。谁都不行。你休息下，恢复点体力，完成你的使命。”雌鲸说道。随后她们返回海岸。

摆脱身上的累赘后，我的疼痛减轻了。海中的盐愈合上了我的伤口，鱼叉成了我身体的一部分。

那晚，在暴风雨的庇护下，我在海岛与海岸间的水道里沉沉地睡了一觉。

十三 白鲸最后一次讲述……

一次又一次，我看到四头年迈的雌鲸把逝者送去莫查岛，一次又一次，我在宽阔的海上与捕鲸人交锋，把他们从水道里引开。人类在我身上留下了更多的鱼叉，很幸运，除了疼痛我没有受到更多的伤害，我已经学会忍受这种疼痛了，捕鲸人一心想要杀害我，对我来说这种痛是把他们引到外海的代价。

我对人类的坚持执着感到吃惊，我想知道他们从哪里来，海洋和陆地上哪里会有这么多人，我也想知道他们的野心何时会得到满足。

一个风和日丽的早上，大海几乎风平浪静，一阵微风吹过海面，一只大海鸟——信天翁在我上方歌唱，受天空之命，他挥了挥轻盈的大翅膀，飞落在我的身旁。

他收起翅膀，在海面上调整了下身姿，面对着我的一只眼睛，为了让我能看到他。

“月白色的大抹香鲸你好！”他开始说道，“人们叫你莫查·迪克。你要知道人类恨你、怕你。我在你眼中看见很多疑问，我会回答你。

“那些人从很远的地方来，什么也无法阻挡他们的野心，连死亡也阻挡不了。他们的老家我们不曾见过，也不会见到。

他们穿过一片和我们住的一样大的海洋[1]，然后经过合恩角才到达我们的家园。合恩角的海岸上满是船只的残骸和遭遇海难的人类尸体，这是他们挑战自然的最好证明。但是尽管如此，他们还是一意孤行。

“不断前来的船上，人们都在谈论你，谈论白色的鲸鱼，谈论莫查·迪克，为了增加野心，也为了在新手船员间散布恐惧，人们把你描述得比实际更大更强、更加残忍。

“他们为你而来，因为他们知道这片水域是水道，是鲸鱼从寒冷的地方向温暖的地方迁徙的必经之路。那片温暖的水域离巨龟之岛——加拉帕戈斯群岛很近，鲸鱼会去那里产崽。之后他们又会饿着肚子从水道游回寒冷的水域，那里有丰富的磷虾、鱿鱼和章鱼。

---

① 也就是大西洋。

“无情的人类一批批地到来。他们一路前行，一路杀戮，杀死鲸鱼、海豚、海狮、海豹、海象、企鹅、海鸥……依赖大海生存的一切生物都在他们的锅里变成了油脂。

“月白色的鲸鱼，你被选中执行伟大的任务。当最后一位拉夫肯切被带去莫查岛，开启向着天际的伟大旅行时，海中所有生灵都会跟随你去一片纯洁的海洋，一片没有捕鲸人的海洋。”

大海鸟信天翁就说了这些。他一下跳到我的背上，跑了几步，然后打开翅膀飞上天空。

信天翁对我说的话并没有让我因自己任务的重要性而感到骄傲，反而让我充满痛苦，就像第一根鱼叉扎入我身体时造成的疼痛。而现在，我身上已经有好几根鱼叉了。

我睡觉的时间越来越短，把人类引开游到外海令我越来越疲惫。晚上，我打着盹，期盼最后一位拉夫肯切早点去世。

但人类的活动使我应接不暇。一个退潮的夜晚，满月，天空中没有一丝云朵，在听见有人喊“特雷姆普尔卡维”后，我从瞌睡中惊醒。我看见四头年迈的雌鲸正在把一位逝者运向海岛，同时我也望见了两艘船，分别堵在水道的入口和出口。

我冲向堵在入口的船，借着水流我游得更快。游到大船附近时，我发现捕鲸人已经在水面上下了三艘小船，每艘小船上有四个划船手和一个鱼叉手。月亮照亮了四头雌鲸的脊背。

我潜下水，然后出现在两艘小船之间，一根鱼叉扎入我眼睛边上，另一根扎进我的背部，我闻到了自己鲜血的味道。我用尾鳍摧毁了两艘小船并拍向那些船员。我内心充满恐惧和愤怒，再一次潜下水准备摧毁第三艘小船。

堵在水道出口的大船上也放下了好几艘小船，其中一艘拖着一头年迈的雌鲸返回大船，鱼叉正中她的头顶。剩下三头里的两头因扎在背上的鱼叉痛得不停翻滚，最后一头雌鲸也受了伤，尽全力游向岛屿完成她的使命。

这一刻我发现自己犯了错。我对不起我的同伴，对不起拉夫肯切，对不起年迈的雌鲸，对不起海中的所有生物。我们永远实现不了伟大的旅行了，我们注定要遭受不断躲避人类贪欲之苦。

我潜入我不认识的大海，充满愤恨的大海。在大海深处，我从头顶发出一声强有力的叫喊，震动了海水，把鱼群、螃蟹、软体动物和其他所有住在海里的生物吓得不知所措，我猛烈地冲向捕鲸人。

我刚从海面探出头，捕鲸人就向我投来鱼叉，但这点疼痛对我来说已经不算什么了，我把小船一艘艘地摧毁。船员抓着船的残骸大叫，我没有心慈手软，不放过任何人，他们的哀号和呼救我当作没有听见。一些人，我用尾巴拍打，结束了他们的生命，另一些人，我咬住他们，直到在水下感受到他们骨头碎裂的声音。在吸入新鲜空气和愤怒之后，我又一次沉到水下，准备快速袭击大船。

第一次攻击，我用头部全力撞向船体，造成大船出现了一个洞。第二次攻击，我在吃水线下面撞出了一个更大的洞。大船开始向一侧倾斜，好几个人落入水中，船员从另一侧船舷放下了最后一艘小船。

第三次攻击后，桅杆和船帆倒入海中。大船开始下沉，我潜入水下，游向另一艘大船，然后高高跃起，全身悬空，我身上的鱼叉映出了满月的光辉，当我的身子落向船体一侧时，我看见甲板上的人类。

他们互相拉着，被亲眼见到的场景吓呆了。甲板上没有鲸鱼，只有四位老婆婆的躯体，一丝不挂，淌着鲜血，包裹在自己长长的白发中。

我回到即将被大海吞噬的船体边上，拍打那些仍旧抓着残骸的幸存者。最终船沉了下去，所有人消失在海浪中。

放入水中的小船越来越远，船上的人绝望地划动船桨，我放了他们一马。另一艘船撑起了所有帆，向着另一方向逃离。

我最后一次游过莫查岛和海岸之间的水道。拉夫肯切聚集在岸边，静静地看着我。他们再也不会大喊“特雷姆普尔卡维”，再也无法让四头年迈的雌鲸把逝者的身体带去岛上，带去吉尔千玛伊维，带去伟大旅行前的聚集地，再也无法实现那趟伟大的旅行。

我向开阔的大海游去，背上扎着九根鱼叉，去寻找其他捕

鲸船，因为我，月白色的大抹香鲸，人们叫着我莫查·迪克这个名字便不寒而栗，我要追寻这些船。

我，是将永不停歇追逐他们的诅咒。

我，是那些一无所有者的力量源泉。

我，是这片大海里严酷的公平正义。

十四 大海说……

在世界的南方，有好多好多故事。

据说，1820年11月20日在智利的太平洋海岸和莫查岛之间，一头巨大的白色抹香鲸袭击了捕鲸船埃塞克斯号并造成沉船。该船在发生海难的十五个月前，从大西洋北部楠塔基特港[①]出发。

① 楠塔基特是美国马萨诸塞州南部的一个岛屿。

据说，那头巨大的白色抹香鲸袭击了埃塞克斯号，因为鱼叉手杀死了一头雌鲸和她的孩子。

据说，最终捕获被人们称为莫查·迪克的白色抹香鲸用到了好几艘船。他的身子有二十六米长。据说，在他死去的那一刻，也就是埃塞克斯号沉船二十年之后，他的身上有一百多根鱼叉。

据说，在满月的夜晚，无人居住的莫查岛西岸会有一头巨大的白色抹香鲸从大海深处浮出水面，和月亮一样白。

是啊。世界的南方，有很多很多故事。

于阿斯图里亚斯①，面对着坎塔布里亚海

2018 年 8 月

① 西班牙北部的一个自治大区，北邻比斯开湾的坎塔布里亚海。